郭力家诗选

常春藤诗丛

吉林大学卷

李占刚 包临轩 主编

郭力家 著

陕西新华出版传媒集团

太白文艺出版社

图书在版编目（CIP）数据

郭力家诗选 / 郭力家著 . —— 西安：太白文艺出版社，2019.1

（常春藤诗丛．吉林大学卷）

ISBN 978-7-5513-1591-3

Ⅰ．①郭… Ⅱ．①郭… Ⅲ．①诗集—中国—当代 Ⅳ．① I227

中国版本图书馆 CIP 数据核字 (2018) 第 294780 号

郭 力 家 诗 选

GUO LIJIA SHIXUAN

作　者	郭力家
责任编辑	张　笛
封面设计	不绿不蓝　杨西霞
版式设计	刘戈
出版发行	陕西新华出版传媒集团 太 白 文 艺 出 版 社
经　销	新华书店
印　刷	北京彩虹伟业印刷有限公司
开　本	787 毫米 × 1092 毫米　1/32
字　数	73 千
印　张	6.625
版　次	2019 年 1 月第 1 版
书　号	978-7-5513-1591-3
定　价	45.00 元

一座城的诗意纯度
——《常春藤诗丛·吉林大学卷》序言

　　城市是一部文化典藏大书，其表层和内里都储藏着大量文化密码，需要有文化底蕴、有眼光的人发现和解析，将来还可以引入大数据手段来逐一破解。譬如长春就是这样一座城。吉林大学等学校的大学生诗歌创作群体及其毕业后的持续活力所形成的高纯度的诗意氛围，使得长春在中国文化地理版图上扮演着不可或缺的角色，称其为中国当代诗歌重镇，毫不为过。呈现在眼前的这部诗丛，就是一份出色的证明。

　　20世纪80年代以降，以吉林大学学生为突出代表涌现出了一批长春高校诗歌创作群体。他们的深刻影响力、持久的创作生涯，为长春注入了经久不衰的艺术基因和特殊的文化气质。只要稍稍留意，就会强烈地感受到这一点。

　　诗歌不是别的，而是形而上之思的载体。这是吉大诗歌创作群体的一个共识和第一偏好。对诗歌精神的形而上把握近乎本能，将其始终置于生命与世俗之上，成为信仰的艺术表达，或其本身就是信仰，在这一点上从未动摇和妥协，从未降格以求。这，让我想到了一个词：纯粹。

是的，正是这种高度精神化的纯粹，对艺术信仰的执念，对终极价值不变的执着，成为吉大诗人的普遍底色。几十年来诗坛流变，林林总总的主张和派别逐浪而行，泥沙俱下。大潮退去，主张大于作品，理论高于实践的调门仍在，剩下的诗歌精品又有几多？但是吉大诗人似乎一直有着磐石般的定力，灵魂立于云端之上，精神皈依于最高处，而写作活动本身，却低调而日常化。特立独行的诗歌路上，他们始终有一种忘我的天真和浑然，身前寂寞身后事，皆置之度外。"我把折断的翅膀／像旧手绢一样赠给你／愿意怎么飞就怎么飞吧。"（徐敬亚《我告诉儿子》）这是一种怎样不懈的坚持啊！但是对于诗人来说，这却是再自然不过的事情。当苏历铭说："不认识的人就像落叶／纷飞于你的左右／却不会进入你的心底／记忆的抽屉里／装满美好的名字。"（苏历铭《在希尔顿酒店大堂里喝茶》）这并不只是怀旧，更是对初心的一种坚守和回望。我同意这样的说法，艺术家的虔诚，甚至不是他自己刻意的选项，而是命运使他不得不如此。虔诚，是对于信仰与初心的执念，是上苍的旨意和缪斯女神在茫茫人海中对诗人的个别化选择，无论这是一种幸运，还是一种不幸。不虚假、不做作，无功利之心，任凭天性中对艺术至真至纯的渴念的驱策，不顾一切地扑向理想主义的巅峰。诗歌，是他们实现自我超拔和向上腾跃的一块跳板。吉大诗人们，就是这样的一个群体。

诗歌在时代扮演的角色，经历着起起落落。当它被时代挤压到边缘时，创作环境日趋逼仄，非有对艺术本体的信仰和大爱，是不可能始终如一地一路前行的。吉大诗人从不气馁，而是更深沉、更坚忍，诗歌之火，依然燃烧如初。当移动互联网带动了诗歌的大范围传播，读诗、听诗和诗歌朗诵会变得越来越成为时尚风潮的时候，吉大诗人也未显出浮躁，而是不以物喜，不以己悲，保持着不变的步伐，从容淡定，一如既往。这从他们从未间断的绵长创作历程中可以看得出来，并且是写得越来越与时俱进，思考和技艺的呈现越来越纯熟，作品的况味也越来越复杂和丰厚。王小妮、吕贵品和邹进等人笔耕不辍四十年，靠的不是什么外在的、功利化的激情，而是艺术圣徒的禀赋，这里且不论他们写作个性风格的差异。徐敬亚轻易不出手，但是只要他笔走龙蛇，无论是他慧眼独具的诗论，还是他冷静理性与热血澎湃兼备的诗作都会在诗坛掀起旋风。苏历铭作为年龄稍小些的师弟，以自己奔走于世界的风行身影，撒下一路的诗歌种子。其所经之处，无不迸射出诗歌光辉，并以独一无二的商旅诗歌写作，在传统诗人以文化生活为主体的诗歌表现领域之外，开拓出新的表现领域，成为另一道颇具前沿元素的崭新艺术景观。他从未想过放弃诗歌，相反，诗歌是他真切的慰藉和内心不熄的火焰。他以诗体日记的特殊方式，近乎连续地状写了他所经历的世事风雨和在内心留下的重重波澜。所以，在不曾止息的创作背后，在不断贡献出来的与时俱进的诗境和艺术场域的背后，是吉大诗人一以贯之的虔诚。这种内驱力、内在的自我鞭策，从未衰减分毫！

吉大诗人的写作在总体上何以能如此一致地把诗歌理解为此生安身立命的精神家园，而不含杂质？恐怕只能来自他们相互影响自然形成的诗歌准则，在小我、大我和真我之间找到了贯通的路径，可以自由穿行其间。

例如吕贵品眼下躺在病床上，仍然以诗为唯一生命伴侣，每日秉笔直抒胸臆。在他心中，诗在生命之上，或与生命相始终。在诗歌理念上，他们是"六经注我"，而非"我注六经"。主观意象的营造，化为客观对象物的指涉；主观体验化为可触摸的经验；经验化为细节、意象和场景，服从于诗人的内心主旨。沉下身子的姿态，最终是为了意念和行为的高蹈，就像东篱下采菊，最终是为了见到南山，一座精神上的"南山"。

但是在写作策略上，吉大诗人则又显出了鲜明的个性差异，这可称之为复调式写作、多声部写作。在他们各自的写作中，彼此独立不羁，他们各自的声音、语调、用词、意境并不相同，却具有几乎同样不可或缺的个性化地位，这是一个碎片式的聚合体。不谋而合的是，他们似乎都不喜欢为艺术而艺术，而艺术之背后的玄思，对精神家园的寻找和构建，对诗歌象征性、隐喻性的重视，似乎是他们共通的用力点和着迷之处。他们从不"闲适"和"把玩"，从不装神弄鬼，也不孤芳自赏地宣称"知识分子写作"；他们对"以译代作"的所谓"大师状"诗风从来避之唯恐不及。但是他们的写作却天然地具备知识分子化写作的基本特征，那就是独立自为地去揭示生活与时代的奥秘与真相，发掘其中隐含着的真理和善。这一切，取决于他们身后学理的、知识结构的深层背景，取决于个体的学识素养和独到见地。他们的写作饱含着悲天悯人的基本要素，思绪之舟渡往天与人、人与大地和彼岸，一种无形的舍我其谁的大担当，多在无意间，所以想不到以此自许和标榜。例如所谓"口语化"写作，是他们写作之初就在做的自然而然的事情，在他们那里，这从来就不是一个"学术"问题。

"口语化"运动本质上是个伪命题，诗怎么会到语言为止？毋宁说，诗歌是从语言层面、语言结构出发，它借助语言和言语，走向无限远。口语，不过是表达和叙述的策略之一，一个小小的、便利读者的入口而已，对于跨入诗歌门槛的人来说并不玄妙。当诗坛的常青树王小妮说："这么远的路程／足够穿越五个小国／惊醒五座花园里发呆的总督／但是中国的火车／像个闷着头钻进玉米地的农民……火车顶着金黄的铜铁／停一站叹一声。"（王小妮《从北京一直沉默到广州》）这是口语化的陈述，写作态度一点都不玄虚，压根就无任何"姿态"可言，它们是平实的，甚至是谦逊的。这既非"平民化"，也非"学院派"，但是我们明白，这是真正的知识分子式写作，这是在"六经注我"。这陈述的背后，有着作者的深切忧思、莫名的愁绪和焦虑，有促人深思或冥想的信息容量。吕贵品、苏历铭的诗歌一般说来也是口语化的，但是他们也从来不是为口语而口语。徐敬亚、邹进、伐柯们的诗歌写作，似乎也未区分过什么"口语"与"书面语"。当满怀沧桑感的邹进说："远处，只剩下了房子／沙鸥被距离淡出了／现在，我只记得／有一棵蓝色的树。"（邹进《一棵蓝色的树》）当伐柯说："一株米兰花在雪地主持的葬礼／收藏你所有站立不动的姿势。"（伐柯《圣诞之手》）这是诗的语言，诗的特有方式，他说出你能懂得的语言，这似乎就够了。说到底，口语与非口语的落脚点在于"揭示"，在于"意味"。"揭示"和"意味"才是更重要的东西。而无论作者采取了什么形式，这形式的繁或简，华丽或朴素，皆可顺其自然。所以，对于吉大诗人诗歌写作，这是叙述策略层面的事情，属于技巧，最终，都不过是诗人理念的艺术呈现罢了。倒是语言所承载的理念本身，其深邃性和意味的繁复，需要我们格外深长思之。

当诗人选择了以诗歌的方式言说，那他就只能把自己的全部人生积累，包括他的感悟、经历、知识、生活经验和主张无保留地投入诗歌之中。吉大诗人对诗歌本体的体认上，在诗歌创作的"元理念"上，有着惊人的内在默契，这可能和一个学校的校风有着内在的、密切的关联。长春这座北方城市与北京、上海、成都、重庆、武汉都不一样。坐落于此的吉大及其衍生出来的诗歌文化，没有海派那种市井文化加上开放前沿的混杂气息，也没有南方诸城市的热烈繁茂的词语，所以在诗歌风格上从不拖泥带水，也无繁复庞杂的陈述，而是简明硬朗，显出北方阔野的坦荡。同时，与北京城的皇城根文化的端正矜持相比较，聚集在长春的诗人也没有传统文化上的沉重负担，更显轻松与明快。用一位出生于长春的诗评家的话说，流经白山黑水之间的松花江，这一条时而低吟时而奔涌、气势如虹的河流，塑造了吉大诗人的文化性格，开阔、明快而又多姿多彩。所以就个体而言，他们虽然从共同的、笔直的解放大路和枝繁叶茂的斯大林大街走出来，但一路上，他们都在做个性鲜明的自己，一如他们毕业后各自的生活道路的不同。而差不多与此同时，与吉大比邻而居的东北师大，也沿着我们记忆中共同的大街和曾经的转盘路，徐徐靠拢过来。这里有三位——以《特种兵》一诗成名的郭力家，近些年来在语言试验上反复折腾，思维和语句颇多吊诡，似乎下了不少功夫；李占刚的单纯之心依旧，这位不老的少年，却总有沧桑的句子，令我们惊诧不已："你放下的笔，静静地躺在记忆里／阳光斜射在记忆的一角／那个下午，室内无边无际。"（李占刚《那个下午——致托马斯·特朗斯特罗姆》）任白则是一位思考深邃、意象跳跃的歌者，他的那首《诗人之死》令人印象深刻，洞悉了我们隐秘而痛楚的心："我一直想报答那些善待过我的人们／他们远远地待在铁幕般的夜里／哀怨的眼神击穿我的宁静。"

所以，从长春高校走出来的诗人，有一种与读者相通的精神和平等交流的诚挚，他们以看似轻松、便捷的方式走近读者走进社会。其实，每一段谦逊的诗歌陈述的内里都深藏着骄傲而超拔的灵魂。其本意，或许是一种力求不动声色的引领，是将艺术的奥秘和主旨，以对读者极为尊重的平等方式，给出最好的传达之效和表达之美。在艺术传达的通透、顺畅与艺术内涵的高远、醇厚和深远之间寻找平衡。正是这样一种不断打破和重新建立的尝试、试验的动态过程，正是这种不仅提供思想，还同步提供思想最好的形式的过程，推动了他们诗歌创作的前行和嬗变。

这，应该是长春城市文化典藏中潜藏着的密码的一部分。诗歌的纯度，带给这座城市强大的精神气场。作为中国当代先锋诗歌重镇之一，长春高校与上海、北京、武汉、四川等高校的诗歌创作形成了共振，成为中国朦胧诗后期和后朦胧诗时代的重要建构力量，构成了中国当代诗歌一段无法抹杀的鲜亮而深刻的记忆。就诗人本身而言，大学校园及其所在的城市是他们各自的诗歌最初的出发地。现在，他们都已走出了很远，身影已融入当代诗歌的整体阵容当中。其中，一串人们耳熟能详的响亮名字，已成为璀璨的星辰，闪耀于当代诗坛的上空。我因特殊的历史机缘，对这些身影大多是熟悉的，也时常感受到他们内在的诗性光辉。他们在大学校园中悄悄酿就文化的、艺术的基因，慢慢丰盈起来的飞翔于高处的灵魂，无论走得多远，我似乎都可以辨识出来。它们已化为血液，奔流于他们的身心之中，隐隐地决定着他们的个性气质和一路纵深的艺术之旅。

包临轩

2018 年 3 月 10 日

代序一
那汉，那诗——郭力家其人其诗

半年多前，郭力家在网上请我写一篇其人其诗的印象记，我随口答应了，却以为他只是戏言，所以，一直拖着没有复命。他应该知道我弃绝诗歌已经多年，既不读诗，也鲜少和诗人有联系——苏历铭等少数老友除外。我不写诗，当然是江郎才尽；我不读诗，盖因"奥斯维辛之后，写诗已经几近自怜"。

郭力家被野夫推崇为他敬重的三个中国男人之一。因为深度认同野夫的思想和文字，也让我不免对郭力家其人其诗做一番深度打量。这一打量不打紧，打量出了一个我或许完全认错了的郭力家。 我与郭力家并不相熟，迄今仅有三次见面：1987年第7届青春诗会，同处一室十多天；2003年初夏，北京某娱乐场所（特此声明：不是"天上人间"），在昂贵的包厢里边唱歌边聊诗；2009年岁末，在北京"老故事"餐厅，一众文友围坐说话，印象深刻的是满墙都是毛主席老人家的照片。

本质上讲，郭力家是一个愤世嫉恶又玩世不恭的人。他迄今为止的一生似乎都是悖论：知识分子家庭背景、中文系出身、短暂的劳教委员会干警、出版社编辑、下海的书商、出版社总编辑。这些互相矛盾的履历或许正折射出今日中国社会光怪陆离的万千气象、万般可能。

据我所知，他是一个迄今没有出版任何个人著作的前书商和现任出版社总编辑。作为一种弥补，他将自己或他人写的任何一篇东西都冠以"著"字。我知道，他纯然是出于恶作剧的心理。对于世俗的来自诗歌的功名，他或许已经看淡或看轻。寄身这一片苍茫大地的混沌，一个"玩"字大概可以写尽他内心的茫然。当年在办公室打扫卫生的、自嘲兼讽世的小青年，一晃竟当了爷爷。在可爱的孙女的统治下，这匹桀骜不驯的野马如今已经规规矩矩，重新做人。

近年来，在他的所有涉及或不涉及诗歌的文字中，反复出现的只有两个关键词："汉语"和"诗意"。热爱汉语，盖因他并不懂汉语之外的任何语言——没有汉语或失去汉语，他在世界上将哑口无言；追寻诗意，盖因斯时斯世，他的国绝无，或者说，鲜有诗意。这一切都更像是反讽，而最大的反讽却是，他阴差阳错摇身一变成为他当书商时或许要竭力勾兑的出版社总编辑，如今且看他苦苦思索如何婉拒书商的勾兑。

他也创造出了一种"郭体诗歌"，那是一种警句、格言、对偶、俏皮话，甚至俳句的杂交或杂糅。他的语词或意象的搭配都是离经叛道、不合规矩的。在带给读者以新奇、峭拔、异峰突起的阅读刺激的同时，也造成了阅读的不习惯。在我这个漂泊海外的汉语教师看来，他是汉语的捣乱分子、破坏者，汉语的敌人——但愿他叛逆的是汉语数千年血脉相传中那些负面的，甚至有毒的元素和因子。

中国需要，而且正在迎来一个新启蒙时代。在这场即将展开的大变局中，中国的诗人群体整体性缺席了。我们多见自杀的诗人，却少有扑火的诗人——当年青春诗会时，像我和郭总的另一个室友力虹（已故）那样的诗人少而又少。当雾霾铺天盖地的时候，一盏灯、一卷书，或许就能让不惮前行的人看见鲁迅所说的"生之希望"。郭总编，勉乎哉！

程宝林

2015 年 1 月 22 日　美国得克萨斯州某城

代序二
最硬的血，最诗的汉

　　我没有赶上老家的好时候——那个把荷尔蒙拴在自行车前梁、把柔情织进毛衣的年代。据云老家也确实是被织过很多毛衣的。在著名的吉大七舍墙前留下的一帧相片里，他穿着刘文正式毛衣，梳着肖恩·潘式发型，只有迷茫又不屑的目光是郭力家牌的。

　　这样的目光在和他初次见面时分解成了无所不在的悬浮颗粒。席上的空气都是老家味儿，故谁也不敢摆士大夫或精英姿态；我也略领会了他寸铁杀人不留行的话语功夫，不大能想象老家转向生活的庸常和琐细时是何种态度面目。

　　后来我读了老家的诗。从苍莽草原（不是席慕蓉的）出发到遍植白桦的工业城市，跟着他一瓢雨泼进了大学，在斯大林大街和东朝阳路浪荡，红砖缝抹一把不要钱的青春；他啸聚京城也是客星，他告天还乡再做东道，他编书编年编朋友圈，让东北一隅稳稳压弯诗意版图的秤杆子。

　　我有一个僭越的判断：自朦胧诗而起的近数十年新诗史其实就是对传统新体诗乃至汉语的解构历史（当然代际间或有模糊和重叠）。第一代诗人敲松了汉语表层即经验与逻辑；第二代诗人顺势撬开了语法和双音节或多音节的单词；第三代诗人轻重兵器齐发，击碎了字义、词性，直到一切解无可解，齑粉扬天。以解构阐释新诗可能显得偷懒，然而舍此则也不能概括新诗人们前赴后继地撕毁戒律，再造生命，从而使汉语散发出的那种错位、失衡、延异的美。老家应处于二三代之间，不会闪了胳膊腿，又不致迷了眼，正是手段最纯熟、气息最现代的那一群。

　　那一群人——也不仅指诗人——有的远遁海陬，有的骑桨而去；有的以朝为家，有的上了讲台；有的发了大财，有的箪食瓢饮；有的一退再退困守心城，有的闭目息听却得了千里之外的奖……他们各自背负着的那一小块汉语的命运，难免不同程度地锈蚀剥脱了，而其中最重的、泛着血色的那一块，自始至终地托在远东以东一个不服三界管的散兵游勇身上。

　　理解老家的诗，寻章摘句、分划时期是捉襟见肘的下策——只有锅不够大才将鱼切成头、中、尾段分别烹饪。老家是裹了半床破烂棉絮就上阵的，一上阵就硬核外露，短兵相接，一上阵就近他不得。他以"真"而绝不接收招抚，把勋章丢弃在泥洼扬长而去。郭体诗有并不精致却趁手无比的发力方式，如同好猎手的枪都是自己拼装。他的语言与意义之间有一种自然、内在、直接的联系，创造和直觉可自由切换，不必经由上下呼吸道或云锦心绣口一系列复杂生理管道就能喷吐；他的思想远在文字之先，只是在此时此地秘意暗合、窍窦轻启，才外化为语言的能指。郭体诗和文学同心同德，正如八大山人的鱼鸟是画中珍品。它在人浮于事诗浮于俗的今天，黏合着汉语龟裂的生长纹，维持着文学的体面。近年老家的诗复归短章，渐有镜头变小、景深变大的走向，而解构的叛逆气味则一以贯通，我亦欣见之。

在长如永昼、广如碧落的诗歌史上，有自身文化意义大于作品者（如苏轼），艺术品格倍于自我者（如王维），而艺格与人格如盐着水，须臾不可分开提炼的，活着的诗人里恐怕只有郭力家。老家创作生命力之旺盛是个谜，不休眠火山无所谓半衰期。他不用嗑一把追忆的药打通过去现在，他不用闷一口情欲的酒调动各路体液，他不用检查血液就知道诗的含量严重超标。他一形而上就接近纯全之境而丝毫不自减，他不用攒劲写，他活着就是诗。

赵郁飞

目录

新年，情人或雪

一

长春初二的夜晚

我在夜宵后用一支烟

和一顶临街的路灯

细嚼慢咽了一场辽阔无声的大雪

节奏依贝多芬命运交响曲

象形汉语为彻头彻尾

全心倾诉

时急时缓

天真楚楚

——谁的使命

让一场春雪忙活得这么顾头不顾腚

二

我的情人绝不会像一场偷情的春雪那样
夜深人静纷纷扬扬
我的情人已经三岁多了
她从容离京
欢喜北上
执着省亲
她一心一意走向通往四岁的大路上
心无旁骛

一觉醒来
她亲鱼亲水亲雪亲冰
她一回到东北
就比冰猴还疯
小小女孩
一身童话哗哗啦啦
天使回家
见啥问啥

女儿是爸爸的转世情人

孙女是爷爷的心灵宪兵

看如今里倒歪斜的

只为了以后为我的天愿

执法如梦

今夜大雪纷飞

主要述说人类在汉语一带

一个女孩

为我反复而生

自由射手

干脆告诉你教诲教诲

奉劝奉劝这码事要

以我心情的天气预报做准绳

因为哥们儿是个

自由射手

捡来各军兵种所有番号对对付付

缝上我这件浑身龇牙咧嘴的破衣裳

拒绝加入正规部队是

我的本性逼我对自己要

终生难忘

等这条路猛然成了脚镣

哗哗作响

等我雄健的惨笑终于

客死东方

等我的看法和戏法之间

一下子失去了性别

等我的美感就是

不相信

等我粗略计算完了像样点儿的人生

都主题不明

那会儿请记住我正

英勇地翻身起床

以心相许是为了你

失足在所有正派的方向

以怨为生阿妹又劝我别轻易

把无数次性命

改装成一种反抗

以身为靶最后我只能爱上

朝自己开枪

先点射再用慢镜头

最后以地道冷峻的目光掠夺

一切无辜的惨相

没有苦难

你就会饿死

看不着卑鄙

我马上就阵亡

母亲选择你的面孔

永远起伏在自由的前夜

是教我的头颅反衬黑夜茫茫

冰刃需要流出血一样的

火光

自由射手？自由射手

你除了一件冷得无法再冷的黑斗篷

所有无主孤魂和坟头

都隆隆地高耸你的沉默

相信它们是人生

最可靠的后方

无数翻版的面容

你用不着去分心

活着的时候就给他们盖棺定论

已经不是我的爱好了

自由射手

自由射手呵

期待流言和暗箭一夜扑来

帮我旋即羽毛丰满

哪一领恶风抚爱得你胃疼

我就给他来个

最后点名

习惯了连我的黑发都习惯了

不幸的滋味

从脚底传上来你就更应该

学会用寒夜温暖你的

心脏

就是这么回事

生活成了编外匪徒以后

我就成了

自由射手

远东男子

血液让我忘了冬日临头

目光覆盖雪野

阵风苍茫得失去了归宿

差不多什么都走进了我的眼睛

就是无法察觉岁月如何寒冷

冰刃彻骨也不回头

远东男子

远东男子站起身就是一棵千年铁树

习惯了

以微笑轻嘘致命的酸楚

无数回寒流逆转

逼我黑发疯狂倒倾

三千里冰封

你要记住

我的名字忧伤得

什么也止不住

落木背叛我

像整个秋天？像悠扬的情爱

解不开一个人的脚步

多么旷世孤独

妈妈用白发抚我醒来

孩子呵你到了一个人上路的时候

这时候身后

我不懂少女和城市为什么

纷纷飘进霓虹灯光中

再也捡不起一双眼睛配得上明了

他

为什么出走

远东男子

远东男子你要缩紧胸口

纵然收回了流亡的血泪

也算不上一次像样的复仇

泥土

泥土的沉默搅得我骨骼挫痛

早就懒得再等

任何一秒钟

走吧弟兄

与人生的较量里

除了你还有谁敢与

死亡为伍

见不得少年泪少年梦

父亲古老而颤抖的双手

扔出我双臂

石碑也龟裂得血水倒流

早就到了这样的时候

宁愿天下失去纷纷泥土

受不了地上没有铁骨英雄

远东男子

远东男子呵

轻抚你胸口岩石交错

时间才明白谁人在

断头台上先送掉了头颅

说过了用不着别人

目送我上路

是哪一刻的幽径温情种种

是哪一位女子为我泪水缤纷

叹一口气天就黑了

黑夜深深你

能不能载动

一叶流浪的孤舟

目光迎刃是为了

准备蔑视一个时刻

血泊轻旋逼人预感

绝地呼声迟早会传到千年以后

配我抚爱的除了你

还有哪双手

轻轻重重

远东男子

远东男子已经上路

穿一件漏风的旧衣衫

去吧就这样

从容人生

一个男子呵

在远东

远东女子

远东女子
只要天云低落得
放不下一幅孩子的身影
我的风衣就止不住
翩然出征
不是要索回流过的泪水
中伤寂寞
雪国面前我才发觉
人能比霜天更寒冷

远东女子
远东女子的双眸内陆
从不管季节是什么时候
生来窗外的声音就唤她
格外早熟

黑色土任性地划破我年轻的衣服

阵痛时节没有一个人来

轻声抚慰我的年龄

我的年龄是孩子的年龄呵

以后所有的孩子的愤怒

都能预先掀开我的伤口

走出童话就觉着

没有路了

弱水三千流尽了我亘古冤情

一个女子呵如今你只身行走远东

油灯剥落冷月的层层心事

苍榆掩映

村口依旧村口

大路斜挑无数枚夕阳

时起时伏

往事暗换我今天的心境

爸爸的叹息无数回流过

我的血液

血液嘱咐我要

低下头颅走过所有天空

而天空深处你草野浓锁的谁人双眸

望我望我千年万年了

这是止不住的传说缓缓

走出久已闭合的眼睛

差一点我成了

没有自己面孔的生命

要不是醒来

正依弟兄你温馨的胸口

男子的胸口都是火山的胸口呵

火总是要灭的

有人别我

有人送行

一秒钟我们就走到了所有道路的尽头

还能说点什么呢

叹一口气天就黑了

黑夜深深你能不能载动

一叶离我而去的孤舟

纵然求索如泪点点滴滴

也要找到那刻骨的一刻相依

都说我每活一次

要流两行泪的

其实她早就信不过自己

可能驯服于哪一领恶风

远东女子

远东女子已经未期的天雨洗礼

忧伤未始

也被非分的目光觊觎得清清楚楚

世界呀你还应看到孩子的身影

受伤了　哭

也懒得出声

远东女子

远东女子呵

你披巾倒拖的修长步影

道路到底能不能

读懂

读懂我胸口年华动荡

读懂人微笑里遗骸不化的念头

长发耗尽岁月的虐辱

活下来即使

目光轻叹声声若虹

也是我断不了的足音忽然文静

稍候东方草纷纷伴我

一百次出生

一个女子呵

在远东

再度孤独

又见秋叶寒枝树

又是孤舟启征程

青青子衿谁在唱

谁在唱

悠悠我心

再度孤独

记得不风清清漫过所有时辰

时辰若雪片片低吟爱你恨你

问君知否

知否知否

情到深处人孤独

知否知否我们相恋千载

却无一席别处

那个没有明天的早晨

那幅没有面貌的天空

那些没有目光的眼睛

就是你生活的最后领土

所以

活着那会儿你用所有心思

保护自己的苦楚

死去以后你用所有疼爱

安抚我的面容

任由止不住的岁月刀斧凿错

也不曾有过一刻你

离开了我

是吗

纵然雾起黄昏不再是你

衣履飘扬

啜饮月光不再有你的

芬芳入骨

纵然纵然纵然呵

曾经曾经借取了你太多的少年人的泪
才慢慢擦亮了我的眼睛

我的眼睛亮了
你人却走了
冷雨落红传来最后一语
久违了
弟兄

这是世界上最冷的一句
多少个世纪过去了
我还没有感到什么是阳光
我记着一位少女性命
旋即成了一笺遗嘱
逼人珍重

你让我亲眼目击
是谁把没有设防的心愿撕开一道血口
是谁把血口当作孩子们
非分的笑声

握住你的手你的手恳求我

去吧永远不减赴难的热情

可以忘却我

像可以忘却自己的名字

然而不要辜负我的

一抔坟土

坟土青青

坟土青青是你为我绝世不变的年龄

所有年龄都在杀人

然而我的情人是个勇士

她善于用死亡对付死亡

她懂得用爱情征服生命

她生来就是艺术

从头到脚都在反抗人生

干得漂亮我的好姐妹

现在你死了我就更要用心记住

不是少年人的忧伤

总是等于零

不是我们太过年轻

世界就可以随便摆弄他们的姓名

不是你人去楼空我才没有办法

又是灵台心设祭君日

又是孤舟启征程

相信今冬北国无从落雪

相信你眸底的思念

早已蔚然成冰

相信优美的生命

就是一曲无字的挽歌

时起时伏

相信你的黑发只能飘逝

谁也无法挽留

那么也请你记住

我的面孔

再度孤独

再度孤独

阅秋

一

每一首诗都帮不上云
每一朵云都时时解放心思

云朵比羔羊活得平安
身前有天上的光
背后有天上的堂
了不起

二

秋天有责任让一叶一叶扁舟落地
诗人专门等待你有气无力的完美气质

好写诗

三

汉语一厢情愿
我只能当一个不怕苦不怕累的人

四

革命到今天
我的主要问题是
多抓蚂蚱喂青蛙

鸟语花香伴深秋
不欢而喜
是病
是你

五

秋天还教你一种本领
守株待虫

一只飞不动的蜻蜓
明目张胆看着我
当邻居

秋天还适合
把比较具体的赞美诗种进土里
一身天光地气
两袖不沾忧郁

六

我用兜里最后的钱
买了两块五毛钱的山西最高端的月饼
上了一列荒无人烟的火车

吃一口
往东北方向赶一步

最是可怜中秋了
别人过节俺过脚

汉语反复红楼梦
左中右秋天做主

节日如我
晒太阳
听鸟鸣
闻芳草
倚脚聊诗

七

秋天还证明
没有医疗保障的各种规格的蚂蚱
比一般人民群众的脚步

越来越沉重

割下香蒿
收获天使在秋天最后的羽毛
相拥冬日每一个夜晚
出路在自己
出门看天气

白纸黑字疑深浅
到处无心似有神

问题不问
不是题

这人间多少刻骨铭心的你
得拿到天上
才能开始
诗诗句句

没有祖国

这个秋天你一个蚂蚱也抓不到

没有蚂蚱

诗经圣经也没有什么优美含义

八

秋深了

香蒿最后的胜利是

在走投无路的冬临之前

借一双有神有魂的手

从野地移民泰来街郭官邸的一方净土

从容馥郁

从一而你

医巫闾山

从山下走上山
步步都是传说

在我之前
有七任皇帝一步一步由人抬上山去了
在我之后
人民已经习惯了沿着当年皇上上山的路
自个儿徒步

当年虎豹叼人的故事散落在路边
秋天的医巫闾山
石头是石头
落木是落木

一眼到底

一座丰乳肥臀的高山

已经远去了鲜活的鸟语人声

脚底坚石澎湃

时光无处不平

大山空空荡荡

彰显我信马由缰的身影

其实山不在我

有水则灵

医巫闾山哪都挺好

如今累了

缺点儿水

雪上想雪

雪一下便是一生

她安静自己

从不去倾诉

她站在屋顶场院路面人堆里

她仰望你我他的每一张脸

她卸下你浑身用不着的东西

她凉凉小小点亮一盏你要的灯

她前世提前　今生爱你

她只会一次性深情永不回头

她的单纯不言而喻

她的幸福咋学也学不完

她松开手收获更多的神往

她出天堂一步步归天堂所有

她不问出处的微笑

生命全换成了美不胜收

雪在回家的路上

雪的孤单像夜一样不声不响

雪寻找投奔的地方不挑不拣

寂寞为生无从感伤

或黑暗或角落

或抉择或路口

雪的眼神中

藏住了天堂的软弱

雪的爱谁说得清

雪背负的幽怨谁听得明白

雪来雪去不是问题

深深浅浅一身答案

春上夜话

一

百年面壁
汉语用我发现的核心问题是
男人太会写诗
写着写着
就把自己跟人类弄混了

女人纷纷飘进汉语
学会说话了
就跟身上的天使走散了

大地的汉语区域
人民热烈而寂寞
一生算下来

浑身都是一个孩子
孤独的细节部分

二

这一回
祖国好像把上帝买断了
对地上人留什么念想
顾不上当回事了

三

天光一泻到你
我爱一目了断

天风浩浩荡荡
顺之者顺便
逆之者废纸一张

四

守护天使
我已经永恒一半了
神往天使
我打算把另一半也永恒了你

春上散步

一

伟大光荣正确的汉声儿语——

各位叔叔阿姨哥哥姐姐，如果你看到年幼的我们在路边

流浪和乞讨

请不要给我们钱，麻烦您用手机把我们拍下来

再麻烦您把我们的照片传到宝贝回家网

www.baobeihuijia.com

同时注明拍摄地，也许我们就是被拐卖的孩子之一

您小小善举也许就能帮助那些丢了孩子的父母早日找到

他们的孩子

举手之劳，点亮孩子们回家的路

这一节是转微信的

二

树是地球最憨厚的长子
动物是老二
人类是老三
老大憨
老二尖
家家都有个坏老三

这一节是黑龙江大诗人
宋词
跟我唠嗑
我记录下来的

三

转发引文——
马尔克斯："事物并非仅仅由于它是真实事物而
像是真实的

还要凭借表现它的形式……必须像我外祖父母讲故事那
样老老实实地讲述
也就是说，用一种无所畏惧的语调
用一种遇到任何情况
哪怕天塌下来也不改变的冷静态度"

然后我说
外公外婆
永远神话着我的后方
往事在前
我只是努力寻找借口
活下去的一只羔羊

确实还没死过
所以不敢借死亡
冲活人胡咧咧什么

四

别惹乎我
急了谁都敢窜向太阳

狮子已经醒了
四条腿的
有事没事
端着点哈

冬如今
——郭力家编创

诗意是人生倒逼的大地之花
你不盛开是不行的
天意是人性的神往之旅
你客居什么朝代也挡不住的
比如
——海子，想用身体颠覆时代前行的列车，结果，诗歌
粉身碎骨。（自己人）

——海子，想用身体实现古往今来最后的农业梦，颠覆
时代前行的汉语列车，结果，虚拟诗歌上的春暖花开，
落实了一个神经病人的面朝大海粉身碎骨。（老家）

——海子死后，诗歌百无一用。一个歌唱麦子的诗人，
用生命圈起了一大片高楼。（自己人）

——诗意之树常青，一个人只是叶片底下蚂蚁自许的国王或歌声。（老家）

——当年，如果还有一个诗人同时卧轨。一百个诗人同时卧轨。（自己人）

——天是自己亮的，写字或者卧轨也是一个人自个儿的活：一个人产生普世美是上帝的用心。

一个人用自杀打算完成普世死，上帝也为难：自杀不宜欣赏围观，推而广之。（老家）

——后来我说：天光万道真如铁，汉语如今从头写！（老家）

挽语
——悬歌

鸟兽回归丛林以后
已经没有真实的刀剑
描绘你的飞翔

一个人的奢侈
一个人坐拥一座大城
独享与背叛都有痛苦的秘密
那就是
你一个人的自由
长不出能飞的翅膀

天说黑它就黑了
天说凉它就凉了
天说你它就你了
天说死你就死了

天说你看我干啥
天说我又没说啥
天说等吧还有天
天说盼吧天外天

海子可惜了
只能替我们死一次
诗意可惜了
只能关照你今生
母亲可惜了
只能把我们生一次
没有谁能彻底送走谁
很多事还不如眼看着不懂
持续不懂

后在来上

后来
时间的门开了
爹娘借来无形的手
把我放生人类大家庭

手忙脚乱的哭声里
奶香奔走
屎香起伏
屁香飞翔
什么也不问
我们用哭声向前进
什么也不想
我们活着就有人帮忙
人这根草啊
每一丝都是别人帮着绿起来的

爹和娘反复远去
还不忘
反复转身
笑容满满挂在天上
看淡今生哦
天上还有月光羔羊

万水千山从来没有邀请我们临世
人是一道风
一厢情愿
没完没了

凡是有人群的地方
终归垃圾
人类包括我人来人去的一生
没干几件让上帝省心的事情
我们牛 × 的嘴脸上
到处起死回生着爹娘的暗伤

天风吹深了秋天的目光

天云落进水边

天真的方向天真

一条河

里应外合了我

暗喜的一草一木

我没法垮在大地上

我的灵魂已经按揭了天堂

后在来上

东北男人

有品的东北男人
都是些乐于动口又动手的君子
要么手上扒苞米
要么嘴上当屈原
反正两头闲不住

东北男人不信神
他们喜欢在神有形的身影里开展
紧而不张
严而不肃
活而不泼的你死我活般的技术活动
一辈子风雨不误

东北男人的文化品位
主要体现在提前好几天

整个身心就进入重要的会场

他们打小听国歌已经听上了瘾

国家一有点风吹草动

他们就浑身音乐声起

他们十分关心国家领导人

虽然大家彼此并不认识

满世界上哪找去

反复这么一头热的东北男人

生命在手

灵魂全在祖国未来那一头

东北男人习惯看着界别儿过日子

他们一生都是邻居各种时尚的手抄本

东北男人生来就适应着东北大地没头没脑的辽阔

四肢毫无顾虑地五大三粗

东北天大地大

人懒得说话

东北男人的书面语不发达

主要精力集中在酒桌上统一吹牛皮

离开吹牛皮

东北男人一生跟失业差不多

一方水土出一方苞米

东北男人也爱女人

因为东北历朝历代持续天真没市场

浪漫没经济

东北男人只好摸着初恋的石头

爬上词不达意的岸

用暗恋补习抛头颅洒热血的现实主义编制外的情感

用婚外交换性别私了自己一个人的私有制庄园

东北男人爱了一辈子女人

却从来没赞美过女人一句

就像东北男人叫了一辈子妈

却从来没给妈洗过一回脚

东北男人在东北风里风化了

东北男人在东北从来找不着北

他们爱上一个女人

跟接了一个工程差不多

全心全意让对方完成

失身

失魂

石沉大海的全套规定动作

面对失灵的美好家庭

一个人失神地发呆抽闷烟

东北四季刀锋一样鲜明

导致东北男人集体组织观念畸强

一个人的爱情

得找一群人来帮忙

最后里出外进的下场

找不到一个可以落井下石的责任人

面对天使

东北男人统一不正视

不表态

不赞美的性别风格

全球觐见

一种现象导致一种结果

东北男人统一的闷热

闷骚

闷来闷去

把天真安逸的两性交流活动

搞得比阶级斗争还尖锐复杂

结论：

东北啊

你确实把男人改装得莫名其妙

东北女人

东北女人很具体

活着活着就开始女向男，性转非了

她们先是让地域严寒冻得灵魂出了窍

后来又被严酷的地域性大男子主义

铁壁合围成无法自然生长的草

自由的风带来自由的梦

而东北女人往往一出生

灵魂就失去了双脚

东北是个用枪杆子只能解放皮毛的地方

用信仰使不上劲的地方

用爱情解决不了情调的地方

用中文解释不了心灵呼声的地方

东北女人活得成功的很少

因为她们身边成建制配套着大把

专门破坏她们身心优雅生长的东北男人

东北女人是用纸做的
她们跟着东北男人学了一套多余的硬功夫
——死要面子不要命
她们为了一个名词可以牺牲所有动词
为了一个形容词又可以顾头不顾腚

东北女人身上金属含量高
适合一次性忠贞
一次性看家护院或
一次性干革命

南方女人身心全是性别
人格滑若无骨
她们不计朝代
只为男人乐与苦
南方女人热衷做男人的附属品
她们幸运在生来不求第二性

东北女人与东北大地经常性结缘

结怨

结果为

——东北留魂不留人

她们怀揣着一段致命往事

没黑没白着东奔西走

故乡装箱

以飘为府

宁愿客死异乡成自爱

不求故园黑土还旧梦

书面语上最具人魂意义的东北姐妹

当数肖红

东北女人天赋单纯

谢绝同化

她们一朝遭蛇咬就十年想咬蛇

她们的寻仇热情

往往超越一生入乡随神的再生干劲

爱和害

两个字陪伴她们

一生都在心理移民
心路反复无从转世

她们出嫁
约等于进一个可以更任性的新家庭
她们用地上的父对付天上的父
其苦无穷

东北女人近三十年
把日子搞得心惊肉跳
你一看好她们
她们就像赶集似的赶着离婚
你一祝福她们
她们又出水芙蓉得跟没事似的
——东北可能是病了
要么女人可能是疯了

东北女人没有神往的精神发育
很难收获地上美好的灵属今生
生命像一句空话

没有天路历程的心路历程

多是地上得失的纠缠

少有天人合一的通阔

她们努力了

证明美是靠不住的

她们证明了

努力生活也不靠谱

幸在偶然

福在无感

有这么一种东北女人

咋办

等我老了

等我老了
我就把夕阳换成我的名字
谁也离不开我
我也不离开我喜欢的人
我着手把小时候开始喜欢的每个人
重新爱一遍

小时候给我买过冰糕的人是重点
我会用今天这个朝代所有的优势
让他感觉做一点好事
能收获夕阳一样温柔的隆隆回声

反正我老了的时候
名字叫夕阳
夕阳能干多少事情我就干多少事情

不信

你等着

夕阳如我以后

地上的爱情开始全面减速

城市和公路撤退到草肥水美的深处

偶尔和村姑一样的袅袅炊烟一起

发出几句牛羊的叫声

书籍和报纸和通奸的故事消失了

男男女女一生只有一个年龄

统称爱情

大地颜色一分为二

花红草绿

人民专业平等

一律在油画里散步

云朵丰乳丰臀

信手撕开就是一篇童话

蓝天洗礼了地上的眼睛

人人泉水如歌

夜不闭户

画海的女孩

她先是一朵站立的浪花
然后是一位画海的女孩

看不见的海风
她画进了水浪
水浪一翻一卷
一边舒展了大海的长裙

海鸥射向太阳
岸沙紧抓天边

画海的女孩
被海风一笔一画
画进了时间的蓝

大海是天空的泪水做成的

一朵站立的浪花

使他第一次变甜

秋天
——给北岛译作：里尔克《秋日》

秋天路过人间

秋风亲自了解了语言

秋天用秋风解放了所有草木春梦的执着

天色越来越少女

鸟儿越来越盼望过冬

谁学会了秋风的一无所有

安慰无欲无求的心主

帮我放下羽毛的手

必收到我感恩的眼睛

让你入梦的人

必远至一个秋日

所有落叶不足以说清

于是主说

爱我

像爱你一样

孤独是一个自语的小屋

你打扮完了再出门上路

秋水深处

一条鱼的冷静

已经超越岸上所有朝代最新出炉的哲学

捡一枚智慧人生的完美落叶

手比风疼

爸爸的光

三月是你离开世界的月份

爸爸

你离开世界以后的日子

我都替你活着呢

今年三月事多

我把你老朋友的话挂在这儿

你们继续唠扯吧——

摇首悲歌发：

噫，石山呀！

海何遽枯

山胡突裂

争奈老妻

病榻卧反侧

行不得，行不得也

一梦竟成决绝

靡留片纸只言

上床便与鞋履相别

闾里倍凄咽

嗟，嗟！

想诗魂亦必

夜夜绕屋舍

挥不迭——

敲窗冷风

窥帏凉月

人世诚难说

唉，几圆缺？

天年仍夭

高风未沫

哀哉故人

慷慨多奇节

非沉沉，非沉沉者

耿耿胸中热血

融汇唐宋古今

下笔自是云诡波谲

吟声塑雄杰

哦，哦！

真性灵安待

蛮触竞功烈

弥长白——

雁阵澄空

鸿爪晴雪

湘灵

怨

——哭郭石山教授

　公木敬挽

1987 年　长春

雪语的光

一场雪把你下得没完没了

一场雪把你落得干干净净

一场雪把你美得粉面桃花

一场雪把你神得出水芙蓉

一场雪把你记得清清楚楚

一场雪把你赶得背井离乡

一场雪把你冻得手脚冰凉

一场雪把你惹得没齿难忘

一场雪把你盼得浑身乱晃

一场雪把你热得着急忙慌

一场雪把你硬得没神没鬼

一场雪把你恨得咬牙切齿

一场雪把你闹得不爱别人

一场雪把你勾得不动地方

一场雪把你迷得满脸放光

一场雪把你烧得裤裆连炕

一场雪把你等得两眼穿墙

一场雪把你恋得没黑没白

一场雪把你撵得无处藏身

一场雪把你乱得不顾死活

一场雪把你忙得嫁东嫁西

一场雪把你富得坐怀不乱

一场雪把你静得灵魂出窍

一场雪把你画得有头有尾

一场雪把你陷得不辨春秋

一场雪把你缠得足不出户

一场雪把你害得孤独求孤

一场雪把你全得童年无度

一场雪把你禅得如来山水

一场雪把你主得天堂芬芳

故土的光

旧童话

还你遥远

今天退回纸上

春花开了又开

有风又来抚摸你每一件粗布衣服

一地秋粮

一地秋草

从爷爷

到奶奶

连年鸟飞

连年年过

连年猜不出

出门的人几时回来

万里

不是万福

陶罐盛满先祖名号

足迹散落漫山遍野

这呜咽深远

一个人不敢细听

水

从脚底倒仰心头

梦在灯下

他乡故土

打量我个不停

他的乡

你

故谁土哦

清了

未清

福上情节

吃饭还行
别的我就吃不准了

像天生我材的核心价值是多少钱
情人节的劳动方向是买菜还是做饭
女人是水做的什么饮料
年老了主要什么水涨血压高

情人节
我们这些国产的绅士
有理有节地牵着自个儿
像公园遛狗一样溜来溜去
孩子们不时看看我们
我们不时看看妇女
优雅地一个人转到死饿

然后若无其事着
规矩地溜回了自己的家门

爱你
基本与你无关
你在我这都天使好几年了
后来你活出什么圣经和车祸
我只有用天去看

地上的每一场婚礼都是我的个别心情
人民继续在马路上走进情人节的情节
我接着栽歪在床头吃我自己这一套
微信自有诗如月

雪上欢喜

饭是米煮

儿是娘生

大雪东北兆摇篮

风拦不住风

我挡不住我

谁选择了你

这一次一定在雪上东北

人魂毕现呢

雪上

一步一步

满脚油画的声音

树木广泛静默成烟

空气清新

初恋才能发出的这种兴奋到不安的气息

四处弥漫

能用身上所有的名词
换成这油画上任意的一笔多好

安居
当松鼠的好邻居
每天办一件天下大事
记着在树枝上挂几穗老苞米
暗自欢喜

千人千佛
万人万主
雪持雪念当空舞
我在雪上反复听天上的我
召唤
欢喜不已

独坐冰雪

独坐冰雪花园

独步嘎吱嘎吱

怕冷的人可能已经睡去

一个人跟这么辽阔的寒夜在一起

有点像一生一世的夜

替我放下过去

也像千年等一腿的你

提前帮我放下未来

谁跟谁一起生活

能牵出这么冷静的月亮

和这么无欲无求的寒冷

觉得夜深人静的时候

不得得到了

失去去失了

不挺好的吗

一碗水里的一滴油

随时圆满

随时翻船

你是独处的一叶在手

水远风飞

到处都是兄弟朋友

愈不努力愈随缘成树

前世今生了你的脸

每一次醒来都是离岸

家园深陷爷爷奶奶的手里

难以自拔

风筝飞翔

自由怕断

鸽群飞翔

伙伴怕散

白云飞翔

落雨怕看

怕让怕的事情出现了

爱让爱的事情发生了

诗让字长出来了

你让无数青山绿水替你

坐化今天了

前世今生了你的脸哦

心念不为人生

路过没有执着

棋子自在放舍

旗帜无浪也行

回忆像歌声带来新生

谁的青春这么可人

反复替我

莫名生动

一地的冰雪

删除了人跟人相处

不是人的可能

冰跟雪相处多么

合辙押韵

天太冷

我像个无名英雄

期待雨声

末日
——冬至

一

说了多少你记不住的话

门外冬至

门里末日

脚底冰冰雪雪

手上一杯无牵无挂的茶

凭啥

今夜一定有和我一样想活下去的流浪汉

正在冻死

今夜一定有和我一样想朝圣的人

准备转山

回家

多少话

你一定记不住了

凭啥

十字路口解放不了眼底的悲悯

冷兵器与生俱来

无从放下

一路故乡一路孤星一人唇上

翻飞谁的冷月

照你窗下

凭啥

想了干了

说了忘了

花红草青一路叩问

水平湖静向天一画

你能记住什么

你敢记住什么

你用什么补语抓住你

你用多少细节沦陷你

你替你多少顺流而下的往事
说你的话
你借多少不变的草木油画
说你的话
你用多少墓地青云扶摇直上
一行泪下

你别你梦
你自你言
你家园了你

二

末日看着我们欲言又止
父母看着我们懒得出声
邻居继续看不懂邻居
唐诗继续拥挤在纸上
佯装俊秀繁华
每一杯民间的清茶

都靠皇上卧榻的冷暖而保温

个把出类拔萃的偷欢故事

全凭你伸手不见五指的个人运气

让一部分人先干起来

日子和匪徒一直这么干

月亮比书本和账簿看得更清楚

月光只是分不清人类的朝代是怎么回事

汉字看着我们这茬眉飞色舞的庄稼

联想起自己羔羊一样的命运

也想混进末日

跟我们唱同一首歌

汉字绝料不到

汉人充公以后

他们撒出的尿

都是一股一股威武不屈的纪律部队

江山留下多少锦绣

汉人就能巍峨出多少山头

谁也别想睡在自个儿的梦里

谁也无法从一而终

其实
我一直看不上靠谣言打天下的人民和贵族
他们从不同年代来到我的酒桌
他们和我办同样的身份证
他们以为这样就能当朋友
我能咋整

我们爱来爱去
借兄弟姐妹
借四季阳光
借各方面军咬牙切齿的成功战例
只为上蹿下跳
从里到外
疼爱自己

一朝遭蛇咬
十年想咬蛇
我们能出息点吗
不能

这一次上帝帮不上我爱上我

我就拿你垫背

末日

帮我们一次次把生死全弄穿帮了

爱下去也是死下去

当务不急

末日如亲吧

你说呢

素描王念红

王念红没有准备好

就来到了人间

一对上海青年知识分子

按照当时革命形势的要求

来到东北的黑龙江

他们又按照两个人的爱情要求

作品出了一个女孩

王念红没准备好

一个人带领弟弟妹妹穿衣吃饭

她还没准备好

一个人参加一九七八年的高考

她更没准备好

一个人匆匆忙忙进入东北师范大学中文系读书学习

那时候

她是一朵藏不住的少女之花

她没准备好爱和被爱

她把身边的男生弄得神经倒挂

纷纷落马

她一直感觉莫名其妙

一个人的童年

是一个人的国家

谁也不明白她一生喜怒哀乐的命里童话

怎么帮她深一脚浅一脚

我也是半懂不懂

看了她一个上午

一直到中午

她请我吃饭的时候

我才清清楚楚看到她

虔诚认真地做餐前祈祷

我第一次这么吃饭

感觉说不出来

不止美好这么简单

一个女人能给人带来临天的风觉

一定是天使身随

一直没有和她走散

这么回头一看

王念红来到人间

早已经准备好了

素描于二辉

描者按：

　　于二辉：老家，我正编辑一本《读人品书录——文人笔下的于二辉》。咱俩大学同学，又都在出版业，又都写诗，我想请你整篇东西。咋写都行，说人品文，叙往事，唠情义，嬉笑怒骂皆文章，我真的期待你能完成一篇东西。实在不愿意动笔，给我糊弄一首诗也可以，诗中尽量多抨击、讽刺、挖苦、颠覆、幽默、诙谐，嬉笑怒骂轰我一顿我保证不急眼。

　　此书三十个作者你基本都熟悉，没有你的参加绝对不完整。书中很多人也都认可你，你就花费点时间敲敲键盘吧。二辉拜求了！

　　老家：哈哈，行，你不嫌弃就行。

　　于二辉：别超过一个月，给你二十天时间。

　　老家：嗯，看看这个月时间情况吧。

于二辉十六岁公开发表文艺作品

一九七八年高考进入东北师大中文系

他在一张题名"集合在艺术的太阳下"的同学合影里

清瘦

忧郁

保持着一座火山爆发前夜的不明神情

他的诗歌阳阳光光

遍撒一个农业省的报纸杂志上

不时盛开在全国大学生诗歌园地里

后来的日子他一边恋爱

一边结婚

他一声不吭娶走了一个班级的班花

他们郎才女貌了八十年代

踏遍了长春很著名的斯大林大街每一寸方砖和碎石

后来他进入吉林人民出版社

他一路编辑、主任到编审

祖国要求的规定动作

他基本一步没落空

眼看着一部分人赢了

一部分人输了

他乐在其中

恪守愿赌服输

一个男人一生要守多少规矩

才能于二辉呢

他政治上不先不后

经济上小富不康

职场上只专不精

诗歌上一日为诗

终生为意

相貌上天生一个贾宝玉

瞻前顾后怡红院

生活上保持一脸干干净净

身心上他长期自选跑步代替思考

文字上他一笔一画留下从前往事

男女关系上

他指导别人像编辑策划选题一样内行

家庭关系上

他经常遇到传统文化的现代主义阻击

他像八十年代所有知识分子一样

寻找自我

拆开自我

放下自我

以身试梦

综上所述

诗人斯人于二辉

八月
——悬秋

一

欣赏面前的旋风
爱不上纯文化的骗局
也了不起

菜包子的短信诗纯得像炉火炖出来的
——找不到陪我一生的人
却找到了我可以陪她一生的小狗
这感觉很好
找不到要我陪她一生的人
却找到了愿陪我的小树
这感觉真好
小狗和小树有着无数的骨头和阳光
却只有万中无一的我

这感觉太好

我这么珍贵

你还在等什么呢

菜包子是公司一位八〇后编辑

东北来的

未婚

单身

长得还行

二

把最情的诗献给最少的年

——那一天你嫁给了心上的人

人走了以后

心咋暗无天日了呢

——那一回你嫁给了青灯绿瓦

我娶了你余世不绝的缱绻闲愁

——那一次你嫁给了诗字歌语

我娶了你一捧黑发浪奔浪走

——那一夜你嫁给了主流

我转身走向了下流

——那一刻你嫁给了自己的洪峰

我娶了你身后没顶的青石

一直想把你抱大了得了

要是低头能捡个来生用用

悲心养志

泉水生花

你是个什么东西

能让人这么上瘾

以后俺天天跳大神吧

争取把你最圆的那颗泪珠儿

跳个怀春不已

三

天性沦陷善良
真爱当下迷茫

生活显然失去了耐性
我会如约去哄你
日子一马平川
我会闻鸡起舞
我能干啥呢
背着昨天写心情

一叶重生在别处
夏花秋月两不误
八月
家乡反复用大水怀念我
家园爱看出门的畜生
都怎么一步一回头
老了的爸爸
你还能多老

白发的妈妈
你还能多白

有的报应不来让人惦记
有的报应临头头不答应
凭啥啊
这人鬼难辨的八月
连死都死不起

四

不宜动土就动诗

今天改了马志刚一句诗
——生活中可以没有诗
但生命中不能没有诗意
非情勿扰

然后告诉苏历铭

——学语言的好处是

一眼就能发现

人生是个改来改去的病句

都没费事儿

搞经济的坏处是

一生在问题上用问题解决问题

问题有出路了

人成一张废纸了

亮什么剑

挑什么战

日子又不是黑名单

最自由的人

是诗意的人

天性引路

用不着乱世文明盲目执勤

你的大路缘你法

自在在心苏历铭

接着回答现状和想法
——肝脏怒发冲冠
背井离乡
梦游一路幽魂
私奔叶落归根

同一个你
想开了春暖花开
想不开魂去人空
同一种心
坐着坐着你就错了
怀着怀着你就疑了
这人可爱滴像个鬼

从容从变
从变从容
同一种皈依
在人在魂在骨在肉在你心里

同一种皈依
一念转身泽本泽来还泽去

君临草木吾皆喜
智仁安泰女生辉

相信你的灵魂不容沙子
相信沙子不会和你的眼睛
发生什么事情

兄不上弟的兄
爱不上情的爱
安不上逸的安
美不上好的美

向死而诗好开胃
别梦依稀爱如今

同城有你
月亮美不美都行

同生有你

谁变垃圾都无所谓

错过了今天

很难再遇上你这么好的葬身之地

太阳最红

自来水最嫩

心在别处

秋天会告诉你

明天往哪里去

五

生无前台

死没后院

在世出家若许年

不计冷暖向天边

去粗取精菊岚紧

弃繁从简自由花

妄心无着空有月
漫山旧梦始见君

半清半幽
无主无意

借镜兄弟中天泪
洗去眼底一粒尘

六

——昨天还看见你哥儿们
他对你很没好感啊
——哪有垃圾爱上箱
是箱总把垃圾装
日子把你都装下了
你有啥装不了的

过分

——一身羽毛的相思青鸟

四季飞翔的风雨交加

累了

——写字看字是眼睛的事情

字不认识你和眼睛

——呵呵还是你最好

从来不拿钱说事儿

还是你最好

从来不放狗来咬我

——天大地大不如哥大

流血流汗不如流氓

我们走在大路上

不怨房价不管忧伤

——俺和寂寞心莲藕

坚持装傻换银子

有泪换杯酒

有伤换口汤

到点儿了，上班去

金语
——悬权

一

金权来到世间
从头到脚每一道眼神都没把诗歌放在眼里
结果
诗人不得不活得草肥水美来去若云

公司开会
我告诉大家
我的同事观——
你干得好不好你都是好人
只要派出所没把你抓去
我都跟你好好相处
要是派出所把你放出来了
我还接着把你当好人

备不住派出所整错了呢

大伙儿笑了

好像我错了似的

这国企啊还搞文化的呢

愁人

事关人的问题没小事儿

尼采这时候都不敢笑

你们还笑

二

星空望我

想说什么你就说

长河顺我

想不让我觉悟都不可能

我亲自将不幸流落在马路边

铁樟子下的学前班级的小树

移居到风水宜人的阳光水畔

我的手阶段性变成了上帝的手

百年以后

根深叶茂的重大记忆

正在我的手里轻轻完成

这个春天我崇拜上了我的手

五个手指全部代表了先进生存的根本方向

你太像样儿了

整得我这么开心

手把千古枯荣

脚踏一地春秋

正像马克思年轻时冲我的手一觉醒来表现出的

自发式前瞻性作为跨越描绘的那样

——老家

这就是人的审美本质的对象化啊

三

你的人生价值基本定完了以后
主要应该提高菜价
外焦里不嫩的你不像是个过来人
一棵过去了的
葱吧

四

后来活不见心
死不见情
就是最屎性的海誓山盟

五

留得青山在
以为君再来

喝完这杯酒

明月会相伴

嗨

有一种清净是远离两人以上的聚会

还有一种幸福就是搂着自个儿睡了个好觉

比你还爱你——能这么说话

等于冲着你念反动标语

无往不你

君临莲开

知不知道

又能怎的

年语
——悬念

一

我离家园君失主
风来云走
再相逢
已不可能

就这样和你分手
就这样被组织征用
就这样看着你两眼十万个为什么
问得我两腿迈不动步

你是一条男狗

请勒着点忧伤

单身岁月中

好狗当自强

各自保平安

以后自个儿看新闻吧

男人和狗

除了腿长得不太一样

打法处处都挺相像

天涯何处无芳草

遍地骨头都活命

拜了　弟兄

二

你和谐就得她精神紧张

——地上没有任何一只鸟

享受人过年的安详

你开心就得她流浪

——天上没有任何一只鸟

能欣赏人过个年的烟花炮鸣

没事儿就吉祥着吧

四面歌舞升平

都是狗看不懂的幸福

三

你再夸我我就飞天上过年去

你再这么把我当回事儿

我就提前春天

四

男女唠嗑就这点儿影响美学的进步

——好好地唠扯唠扯就往悲剧方向使上劲儿了

好像只有悲剧才能救心情似的

多有悖两厢技术上的根本要求哦

浑身窦娥了

让人看着就无处下口

你

被人过年了吧

摊上今天这人类

你真得放开

要么

开始就别系上

五

你不找理由

理由也会找你

你没想春天

春天也会来临

你不怀好意

生活也照样挺好

你一毛不拔

物价也照样提高

你可以把自己当棵葱

我可以吃饭不蘸酱

六

北京适合天天过新年

——天全心全意蓝

路百米内无人

阳光直扑胃口深处

吐口气吐的全是舒服

七

发现有一种女人静乎如画

她眼里的革命近乎无声

到白桦树林为止

还有一种雪地看不见路

走的人多了就有了路

走的人太多了

又没有了路

到海的割耳为止

再有一种话使所有听见的女人

不仅仅想哭不仅仅会心一笑

——我们在天上的父啊

到刘涛为止

阿门

八

英雄啊没人的地方你不英

美女啊没人的时候你不美

太像写诗的这帮人了

无情的时候他们把天都敢整得豪冷

比如

天南海北同一拜

冰开雪暖共新年

比如

浪迹江天凭君望

佯狂飞雪谢冰凉

比如

笑别今宵一滴酒

痛饮来日万领风

比如

此去经年多珍重

留得情肠报来生

比如

跪地夜行八万里

叩首东风伴君行

比如

你何时开始回头呢

—— 一出生我就一直在回头

—— 一过年就想待在去不了的地方

—— 一除夕就把我雷成了惊弓之鸟

九

你完全

我就彻底

你干净

我就利索

像如今

牛 × 的人不过年

过虎

虎年不过日子

过马路

虎必只能是传说

森林早就人工的

十

我学习文学史的动力有两个

——写好自传和情书

我跟徐志摩一直处不好

我感谢他是他让我认识了陆小曼

男人和男人的关系就那么回事儿

跟女的可能了不得

过来人

好像就这么都混过来了

陆小曼碰上谁谁都得变成写诗的

徐志摩咋写字也改不了一脸的国家行政公文

最是那弱弱的沙扬娜拉

教人噩梦到如今

十一

后来你还把我改装成了个写诗的

我知道生活的别有用心

开始了

用阳光影响我的皮肤

用爱情改写我的眼睛

用装傻对付我的工资

用下班打发我的网友
用吧
反正闲着也是闲着

后来我一声不响，连哼哼你都听不着
样儿吧
你能得劲儿么

十二

想热血
一是喝酒
二是爱国
想放下
一是上坟
二是烧纸
想自在
一是写诗
二是不发

只要天空的蓝摆平了我的眼睛
地上给不给我尊严这个词都行

十三

贱惯了
你真给我爱情我会真疯
是玩笑大了
事儿就大了
还是事儿大了
玩笑才大了
——让你看春晚你看春运上了听儿

低碳低不过你低领儿
狗狗喘气都不匀了

这心情跟纸糊的似的
上午还玉树
下午就临风

两手寂寞开无主

一天了一个不好看的字我都没用

就这样吧牙一碰

好好上班

天天像样

冰语
——悬浮

你剩下的笔没再写字了　剩下的房屋一直住着人

你剩下的隆冬冰雪火爆　剩下的笑容默不作声

你只能高贵

你和最深的土在一起

你只配幸福

你反复活成一封情书

就是没想往外寄出

你还了不得

你主要的人生是和天上的星星一起往下看

——剩下来你们玩什么呢

你太想淡出

这一回没淡好你淡得太自我了

随风冰寒匆匆落了一地的梦

你太冰雪了

连晚风看着你都不敢靠近

你太天使了

地上人间的哪儿都有你

哪儿都够不着你具体的一声

你太阳光了

春来春去的，走哪儿都是一身春天

你太童话了

狼想起你都怀念失去的领地

眼看着你用我的胃口活得古色古香

幸福的泪水没事儿就迎风飘荡

要是你没用错我的心情多好

要是你没用错我的眼光多好

要是你还像你童年的愿望那样活着多好

要是你还跟你静静地看着窗外那样看着眼前的一切多好

——别碰我

魂儿疼

你个专门洒向人间都是怨的小畜生

——连天都懒得看的时候可以看我

你的话含含糊糊的

——连梦都懒得做的时候可以梦我

你的脸红红火火的

——连死都懒得死你就对付着一人活着

你的嗑儿没一句像是人说的

话一直在离开话

你一直在离开你

这一次冰天雪地

看看能不能

冻住你呢

这一个无缘无故的彻底冬天

像一个人

彻底无力

二〇〇九结局就是开始
——取新浪网友建议

有一种天性来自爹娘
天性的高贵缘起命运的目光
到宋庆龄为止

有一种女人静乎如画　革命近乎无声
到白桦树林为止

有一种貌似云淡风轻笑容可掬实则千帆阅尽沧海桑田
舐犊不怕情深笑傲那个江湖
到千山老道为止 （小海轮语）

有一种爆炸的瞬间请以水分子的明亮相认
给予爱情这条贱命以克隆古板的论证和可疑的化学反应
到回璇为止

有一种手找不到手的拥抱
只剩下两个人的往昔和一个人的存在
到安琪为止

有一种神鬼被量化、神情被定语、神奇被再生
到卧夫为止

有一种荷塘的芦苇能不分季节地把四面八方思想的画面
变成影像的高贵思想
到大力关注为止

有一种六月我心动却不能行动
手懒懒地散开自己的乱又把自己纠缠
怎么折腾也就顺应着前世今生
到白一丁为止

有一种哲学化女人用很女人化的哲学亲眼发现这个世界
有爱，有危险，唯独没有拯救
到灵山之山为止

有一种软功夫小崽子多年来高扬虐心虐肝虐胆囊的方针政策
功勋卓著在少女们广泛泪水化　男孩儿充分女孩化
到郭敬明为止

有一种大树爱自己可以参天
小鸟爱自己可以飞翔
天空爱自己可以远大
心爱自己可以梦想
到从容诗集为止

有一种冬日即将来临无人替我活着的季节式极致目光
到与子书为止

有一种等待不热烈但持久
像女人万水千山总是梦这种爱　一心谋划可持续性贪婪
到朴素大方为止

有一种清香从圣恩禅寺开始回眸一吼的是东北虎胡须
到李占刚为止

有一种痛苦已经黑土灵魂写在脸上的提灯女人

到雪莹为止

有一种眼睛坚持发出人的目光、嘴巴坚决讲出人要说的话

到朱大可为止

有一种描写《墓地》的诗歌草稿把人的活着和死去

放得那么油画那么静那么清那么近

到玉上烟为止

有一种孤独中遇到孤独的人

因为尊重而不再互相帮助

到于耀江为止

有一种少女之春的茁壮按照生活的局部要求外焦里嫩着

挺身生成

到小李菜刀为止

有一种素叶花纹细语芳菲，风起云落还尽春秋

到笑靥如华为止

有一种男生活着的每一天都像是在替徐志摩的情调过日子
到王家新为止

有一种我不是我母亲生我的那一刻诞生的
而是在岁月的磨砺中我一次又一次诞生了我
到赵丽华为止

有一种身份证够不着故乡，活法缺乏可持续含金量
双眼饱满的忧郁已经无法落实具体信仰的来京文化务工分子
到方伟为止

有一种硬币叮叮当当着盛放
花开花落着凋零我的生活
到黑朵为止

有一种诗女痴起情来什么拉拉碴碴的日子都能一口咽下去
作起妖来月黑风嚎一地飞狐追梦跑
到沙戈为止

有一种诗意活动里总是先活后动先从后容的一位延安式

白塔状的楚国血统的男人
到楚天舒为止

有一种江南学子北上长春读了大学
不知不觉就换了血型成了你拦都拦不住的南国型东北人
到马波、伐柯为止

有一种"嫁给佛"光照一代集体有意识的凉风：各色门
脸儿的现世国学不能承受天然感性的人性烟火
到卫慧为止

有一种东北口语文化上的解放军
一夜之间就用声音解放了中原书面语
使最广大人民的心情由阴转晴
到赵本山为止

有一种《家》《春》《秋》用黑白两种颜色简陋画出
旧社会人性或美或丑的简陋
到巴金为止

有一种诗中泪水多、今生近清照、本性多戚戚、诗语自
凄凄的泉水之女
到果朵儿为止

有一种空灵入骨的文字相当成功地
逢迎了男人世界的意淫美学
到张爱玲为止

有一种诗语看上去似广场
走进去处处是女儿用雾做的森林
到李速为止

有一种隔帘幽梦深深浅浅着长成我们软软的血液和皮肤
到邓丽君为止

有一种当代文学死了，一种人格上的伪军还活着
一次性出殡好像还完不了事
到叶匡政为止

有一种身居法兰西的中国美学家做出挺美学的统计——

"时代的迎合者"最近几年已愈来愈多
看其中某些人的各姿态的表现令人悲惜
到李泽厚为止

有一种鱼的水性杨花拽着时尚和性没头没脑着盲目坚挺
到张曼玉为止

有一种散文阶段性解放了貌似温良恭俭让的伪善文章并
且她的诗文还继续解放着一个女人的午夜孤独
到格致为止

有一种平民的眼睛和双手帮着中气不足的诗歌
吐出大把人话基本上没用一句鬼嗑儿
到谷禾为止

有一种香港地区出生的童话
鬼斧神工着一个人的寓言人生
到金庸为止

有一种雪落中天梦不化，细数炊烟不辨家的山门之女

到秀枝为止

有一种诗能让你变热，眼睛能使天气变凉的女人
到翟永明为止

有一种红墙叩问
到北岛为止

有一种姓林的雪不管窗外风云如何变换
一心只有女性的情感主义
到林雪为止

有一种开始远没有情致着开始
像一种结局根本无法完美着结局
到顾城为止

有一种天才注定了时间比世人更疼爱他
到吕贵品为止

有一种眼睛放得下泪水，怎么也放不进沙子

到阿吾为止

有一种胖乎乎的心境用胖乎乎的声音道出——别让我跟
你统一思想，我只能和你统一态度
到陈琛为止

有一种眼神能逼出世人的真相，能一语道破灵魂的内裤
到郭力家为止

有一种近朱者赤成鲁迅的举手投足
到林贤治为止

有一种杂交的朦胧
到舒婷为止

有一种崛起的本能
到徐敬亚为止

有一种比红高粱还红的红
到张艺谋为止

有一种比秋水伊人还秋的画家式文字
到余秋雨为止

有一种青春总想撕开时间的眼睛
到王朔为止

有一种人生主要的日子是被生活当成了错别字擦来擦去
越擦越诗
到邵春光为止

有一种采用旗帜鲜明的行为语言
把好日子彻底往苦了过的土司后人
到野夫为止

有一种撒娇被男人撒到了野蛮现实主义的坚硬高度
到默默为止

有一种用赛车的速度给过目的人情世故
一次性盖棺定论的孤胆少年
到韩寒为止

有一种男孩不惜反复牺牲自己原生态的色相
用身子骨记录人性在国有化的路上一滴眼泪的狂奔
到沈浩波为止

有一种追问"我是诗人还是世界的赃物"
到董瑞光为止

有一种活着时发现了沉默的大多数
要死时坚决当个个别人的自由写手
到王小波为止

有一种被世人的怠慢连根拔起的仙风道骨
到马松为止

有一种恨别鸟惊心的宿命
到路遥为止

有一种人情练达皆平民的人
到易中天为止

有一种文章不得不越写越长，生命不得不越来越短的学者
到谢冕为止

有一种文字越来越天真，生命越来越像一片云的诗人
到牛汉为止

有一种经济上天天逼着自己上楼
文化上夜夜气得自己跳楼的人
到张小波为止

有一种汉字上的技术工人
到混编进知识分子的门牌号码为止

有一种柳漫抚水岸，心在天边
到柳眉为止

有一种清风每一个世道都不忍或缺
到心结和静为止

有一种诗你得故意装作看不明白

看明白了你会觉着自己的眼睛是不是不太正派
到管上为止

有一种沉默用东北黑色金属的《耳语》
让方圆几百公里的泥土坐立不安着广泛受孕
到任白为止

有一种不辨朝代、不计利害、不枉自选人生方式的天才
到马辉为止

有一种活在酒里不过瘾，死在酒里更不放心的古往今来
的时空边疆主义者
到李亚伟为止

有一种过世形骸应笑对，未来景界常移情的
贵族胚子草根命
到张贤亮为止

有一种榆树在春天你看不清他的面目
冰天雪地的时候他的骨头能摇滚出歌声

到李磊为止

有一种今生挫痛锉出来的经典笑容已经接近她的《英雄
挽歌》《灵魂挽歌》的不朽水平
到潇潇为止

有一种二哥本能地采用一九四九年以前的微笑
打发二〇〇九"天下盐"的男女饮食新生活
到二毛为止

有一种神经像人民的基本眼睛，他关注诗歌的人文指数
像群众紧盯着每一天生活的物价水平
到董辑为止

有一种拆横去竖，汉字大法里大闹天宫的国学异己分子
到欧阳江河为止

有一种诗文女得不能再女
活得男得无法更男的柔光剑骨
到西娃为止

有一种脚下已告别家乡，前面永远看不到岸的儿女
到王小妮为止

有一种灵魂一早就摆在门口
没事就等着上帝来拯救的弟兄
到朱凌波为止

有一种人上帝一看着就为他发明了机会和主义
然后他就开始和人民共度四川和北京的各类光阴
到万夏为止

有一种天涯为了一个诗人倦客般的沉沉激昂而海角茁壮
到天涯倦客为止

有一种诗人活到四十多岁了还长得不省人事一脸无辜
单纯的笑里面满是童真主义的陷阱
到苏历铭为止

有一种宿命文章只有他一边任性着一边提速着
用纯自个儿的热血铺天盖地去死扛

到海子为止

有一种天使缘起即灭、缘生已空、感而不动、动而不情
到张洱洱为止

嘿，马辉

顺着门前的路你怎么逛也走不出

母亲的叮嘱

血飞雪落哪一次不是她包好我的骨头

铁和血的声音是不一样的

修行的脚每一步都踩着大爱的路

天气掀开一层一层皮肤

充满故事的双眼无泪无声

开始我没打算今生做人

果色女香带错了生路

刀锋怕热不怕冷

随时出剑输也是赢

剩下那么多嘴开了那么多花

他是他的他啊

挺进时间的肺腑

不要说刀比拿它的手还疼

他和他们一样又不一样

不久他会倚天长锈

竟没有一抔黑土敢随君入墓

心开五瓣莲莲静静——天挂云帘蔓抚我命

一水翻开两岸浪

从来世开始散步的你

被今天的酒杯款款记住

海盗从良以后

海盗上岸以后

大海天天在痛哭

轰轰烈烈的哭声直扑身后

他明白

他只能无动于衷

一闭上眼睛他就会看到

生死弟兄还在海水深处

一比一画着喂鱼的情景

他清楚

他只能眼看着大海

一口一口吞下弟兄们的性命

鱼吃人的时候

是一场集体主义的从容起舞

她们有追求，守国土，爱自由

她们撕扯着海外来宾有理，有节，有度

她们吃人

留下比人的记忆还完整的骨头

她们比水里将死的人儿

显得更绅士更风度

她们的每一天

都在很本分地落实着有头有尾的美学行动

现在是鱼

扬起飞翔的弧线

注视着离开海水的那个人

——你咋走了呢

岸上多了一条流浪的老狗

他模仿着落叶归根的心思

不声不响地趴在心目中的家门口

门

已经不认识他

他

也不熟悉家

他趴在这儿
眼里转的都是些小时候的事情
男人不会天天都是男人
海盗
也有老的时候

海盗从良以后
岸上多了一条老狗
嘿嘿

月上中天花落地

一

还有可持续天光浩浩荡荡
反复落实我种下一棵树的
根本思想

——平常草木平常树
平心至简即峥嵘
浩荡秋风如是说

二

在石一方
你随缘就分

依水一线

你守土尽命

没想过吧

秋天以后怎么秋

灿烂以后怎么办

三

湖平，岸浅，草软

天轻，鸟慢，木繁

一只蟋蟀浑无力

一叶枯径找家园

满眼阳光好像告诉我

昨夜星辰嘹亮

全是白忙……

四

天来秋光细如剑
一丝一缕到眼前
白桦松香连云鼠
你来你去你如烟

五

一棵树眼里的一棵树
兄弟顺势
一生兄弟
兄弟瞬时
也是最熟悉的陌路人
天许相守
地不由身
这是信仰解决不了的生存问题

六

从容慢饮秋风

缘木立地始终

雨轻雾重谁冷

悲喜不言心声

人在前

魂在悬

一木深远怕相连

七

绿水青山儿女多

一泓浮萍两人河

身前秋光身后路

无常诗意无常果

欲动欲开欲妖娆

诗意随缘造化木

八

一棵树告诉我——

神么诗意成长

谁在反复随缘

谁得天人共赏

谁取冬暖夏凉

谁始谁终

立地流芳

情书摘要

你不能随便三长两短的
让我睡眠不足血压零度以下
你要争取让我活着爬进你的怀抱
而别到时候怀里抱起一只死耗子
像生命完全漏气了的李小龙
你再爱他也没用

真想接管你以后的全部命运
如果你总这么让我四处揪心
真想为你分担点什么
尽管你肩上什么玩意儿也没有
可你别老是冲我喊人心
又不是一条狗
总是让人牵着走
其实不是那么回事儿

其实没有悲哀谁也活不成

屈服我现在就算是
最时髦的事情了
干吧
母亲把你出卖到世界上是为了
让我出卖她一辈子

不可能活着时就像凶猛的史诗
尤其艺术开始冲着你
沉思的时候
扫我的十二指肠球部溃疡
设计未来世界
沿我见异思迁的文学风格
寻找女子之情
你看行不行
你开始把我当作一部懒得发表的名著
你以后把我改编成土产的《圣经》敬而远之只爱不读
以后的以后就是现在这会儿
你干脆亮出最后一招

把人硬塞进了订婚合同

就这么回事

我们英勇机智地绕过法律的盯梢

我们充分志同道合完全同床异梦彻底地打发下半生性命

我们婚前同居婚后私奔

东西南北各路主义成打的杏黄旗用不尽的

兄弟姐妹们都是

我们的爱人和敌人

我们是些什么鸟

鸟的叫声干吗总朦胧

我们根本不在乎

除了爱我们总得恨点儿什么才行

于是那天的英雄们

把所有牺牲的动作要领火候全都预先

暗传给了我

我一直等着战场朝我砸过来

我知道那地儿杀人最合法最舒服

我早就学会了整套路线斗争的软功硬功

我一直盼着收拾阶级敌人干掉一个够本儿

宰他两个这辈子就算赢

你把国际香型的女士香槟洒遍全身
我才明白
应该把蔑视的目光
推向全人类

我精于轻蔑
专营信仰与信仰间的和平与战争
血肉横飞得越是
惨不忍睹我就越是
陶醉于一种美学关系的完成

我在戏法里隐瞒人生
在纯情的嘴唇上寻找垃圾堆
反复疏通人与苍蝇的各种道路
我追求而弃绝方向
守法而背叛法庭
以绝望为己任
乐在其中

可以了吧

告诉我谁发明的你这份现实

现实是纽伦堡铁姑娘吗

现实是达姆弹是中世纪刑具

是第一次世界大战两军阵地之间

友好地交流杀伤力很强的软头子弹吗

你值得用心骗我本来就不诚心的朝圣吗

生活人的生活还有现实这码事简直叫我

大吃一惊

你幸运透了到现在

你的脉搏还在

里边还能发出接吻的声音

而我先前心脏和其他杂碎杂种

只是偶尔偷停

现在它们干脆全公开了

它们用沉默示威

用罢工表现自由

它们从来不是帮好玩意儿

就是这么回事

我爱你直到死了以后

所有思念全冲着你大喊大叫

我们必须完成一种美感

从两方面合谋一个象征

是不，是不，是不

嗯

史说游戏里没有笔误

我就去笔误里谋生

迄今我已学到最宝贵的东西

就是把谎言当作爱情把真理当作

看电影

讲下去炸崩了手指以后你是

怎么写的情书

现在我总算明白了现在

我早就见过了

你是历史上那粒最优美的青铜锈

而往事才能是现实

是不

A 色情绪

再给我五分钟世纪末你就能够着

我的名字

少年，我的溅血少年

你倒翻的血口像初生的面孔

让人激动

不错是本能

把现实变成预言

把锋刃当成道路

而且我保证对正当事

总是失望

我总是把女孩撇在候车室电话亭路边码头

然后一个人像卢梭临死前那样

用散文去写散步

信来问这阵子你把自己坑害得

怎么样了你的忧郁够用吗

这会儿我这会儿

正想换个时间撒谎去呢

小姐再这么关注我

我就宰了你的脸谱

羡慕人伤疤的眼神已经够多了

顺便说一句

收起你从我外祖母身上抄来的

爱情

知道，我知道你是善于绝望的人

而我难以忠贞绝望

难以只和一个女孩同行，我很坏

我的坏处满山遍野不分季节

不用永恒就已经永恒

你懂吗我这块古苍苍的陈迹

一直被人当作生命什么的

我脸上的生命里

私人警察比国家警察还多几倍

整个世界属于谁

他就和谁过意不去

他有分享人格的爱好

哪怕自己的残忍等于零

只要为了自己而出击我从来

不在乎力量悬殊

我只关心把自己的委屈伸向祖国各地

从不打听自己的未来

在哪儿声名狼藉

胎死哪段路我早忘了

我只记得前途

可能是光明的苦难

可能是种联想

不管怎么样你都能

从所有形象逃出来

去

晃出自选商场地下舞厅和任何一位小姐

手挽手去参加会议

边吐瓜子皮

边用马路黑话解释身边同志腰条腰带系住的生动含义

语言，我们的语言不仅能暗杀路灯

而且还有事实

你怎么办深深地感到这个世界

就像深深地受害

夜总比深刻的爹娘还要深刻你怎么办

在路上是不是在人为的春天面前

怎么报复你的心愿也不算过分

也用不着问为什么

我使劲也高尚不起来

本来我就不是个操来复枪说话的好男孩

我浑身上下嗓音模糊

谁也挡不住我

活得充分词不达意

在路上在路上

终生受审

永远是被告

一生等于末日

而我刚入伍战争就结束了

我一成为男人女子就像淡化的情节

从人的口腔鼻腔等敏感区域消逝了

现在

现在荒谬感占领了我的神经高地

亲爱的你要勇于自身漏洞百出

四肢大胆地抽象空虚

感觉

A

错了
以为手绢能止住泪滴
心倾斜了
血液就倒流
现在是心血漫过山岗的时候
看到洪峰
要想到决堤

呵——
你
过去来不及顾虑
现在就该来不及叹息
像能够平易地躺倒

也能顶住阳光

猛然站起

相识

我们省略了许多笑靥

只有天空开朗着

云朵洁白地抹向天际

你说你什么也不要

我说我什么也不为

真怪

明明走到了一块儿

心却怎么也站不到一块儿

两个孩子睁大了眼睛

他们中间

湛蓝地躺着一条露天长椅

都有过许多事情做错了

就有了一个瞬间

你停下脚步

我凝滞呼吸

这一刻谁也不敢随便错过

我们也没有

我们没有路灯那样

习惯白天也习惯夜晚

眼睛失神着

让夜半领会

看不懂的忠贞

我们没有道路那样

散漫地滑向远方

不管尽头是纪念碑

还是矮矮的坟茔

丁香树忽然倒在梦里

我们醒了

春天已经芬芳了好久

我们不该陌生眼前的新绿

错了

过去的日子

我们那么不愿意

嘘——

过去

B

能有这么明亮的笑声

就一定有过切肤的痛苦

尽管你用舌尖

轻轻推出一个"不"

不是你双手埋住了眼睛

月亮就不再爬上肩头

不是已经忧虑过了

笑容背后

都是一些自信的内容

不

二十五岁的另一端

你在一盏台灯下想了很久很久

你的思考十分孤独

像你的身影般清瘦

静静地

在一个夜晚

你走了

真想为你分担点什么

尽管你肩上什么也没有

没有回头

就只有路上迷蒙的脚步

足音散开大片的原野

那里有秃鹰受惊地跃起

有人生来就喜爱天空

你也一样

容不得一丝流云飞走

世界没有不能发生的事情

我来了

为了真正站起你的身影

就必须走进你的记忆深处

记住一个流泪的女孩子

曾在你身旁轻轻宣布

你的向往就是我的向往
她的一切
已经为你着陆
呵，泥土
你应该记住
她是一颗怎样的种子
会长成怎样的一棵大树

而且远东

而且远东

苦楚的魅力比节日还生动

在鱼彻底养育大海

癌完全砌出医院的日子里

少女比方向正确

水比颜色情感还浓

活下去，艺术之外没有战争

灵魂上下我无限深情

年来寒天锋刃无度

使我午夜双手扣肩

人越是不由自主我越是爱干

抚摸自己的事情

世纪末是清理账目的季节

如果情爱结果让我

又找错了人

大片阳光随便就失踪

春草来去全无姓名

往事不断退役才能

记住时间凶狠的深度

接下来羊群的灵魂怎么也

正义不过鞭子

你像个英雄似的

一无所有

我有足够的语言等待钟声

或落幕

而且远东

末日荒原

可以虚伪可以奋力背叛语言
放弃诗疏远童年
而你扔不掉浑身的骨头
就必须迎受末日荒原

你逼我生下来
你逼我交出一切
你冷眼抚过我所有悲剧的姿势
你教我血泪交迸
以死刑的情感
完成这条鸟命的世界观

末日荒原
末日荒原上横七竖八
躺着无数疑问与惨剧的最后答案

美国耗子中国龙

还有其他刀枪不入的神话

撞上我就遭遇一场天然灾难

我等你很久了

你生下那一刻就闪现了终生的嘴脸

记住我的耐性比长城还要短

记着末日荒原对于人命

总是一柄双刃剑

在这里理性反理性和他们的性别

一齐罹难

在这里也有石头和头颅

石头没有温度

头颅只顾着往外生出纷纷草丛

在这里夕阳按时升起

漠视我们曾经的爱和轻雾环绕的沙砾

这里时间不再暗杀生命

自由的蚊蝇羽翼颤动着

思想与哲学的最后力量

这里所有含义都流尽了最后一滴血

人算不了什么

末日荒原随随便便

解放了人格使枷锁失血

你清楚看到国王的灵魂

并不比我儿子裤裆里的零件

更方更圆

上帝死了荒原就活了

末日是我的自由剑

末日荒原

第三色块：致刘索拉

道路纷纷逼向脚步

你无法选择

走吧朋友

反正情感的领地上

你除了干涸自己的哭声

就是以右手征服遗世孤独

生不断示我以错觉

错觉断不了像一件床上的尤物

一生玩笑得空前残忍

还好说点什么呢

尤其荒凉的面庞一转念

历史已预先出卖了同谋

是否岁月落寞如风

人就不敢冒充英雄

生活走样了

人才走样了

是否

我是时代的哪一件心事

可能为情爱的第几个俘虏

犬齿交错千万年

衔不住一缕破碎的时辰

相思嶙峋今又是

真不愿想我如何泪水如注

纪念碑早已交给

最沉默的人

道路为什么不敢偏离我的脚步

明知一个人涉不过记忆的河流

河水告诉我

船长大了难免会失踪

自充电的爱情暗示我

雾也能完成暗礁的念头

对选择都该选择的时候

断不了冬雪重重

屡违秋日的初衷

千百次企图委身于命

难啊，朋友

灵魂是块越长越大的石头

这一局我就是懒得服输

我告诉女儿

后来就是今天你也是书上说的是水做的
孩呵这不砢碜
苞米出芽毛豆拱土冰河裂肤的声音早先就
这么没完没了地倾诉冬天的激动
哭也是笑笑也是哭，连手带脚的你
比比画画的你说不清
说不清人为什么做一回梦就长一岁
痛哭一次眉毛就黑上一层

孩呵
你的名字是哪儿来的你别问
别问自己的手指头为什么白皙又透明
透明的眼睛怎么也看不透
风为什么半路停了树为什么一转眼
活得根本就不像棵树

妈妈为什么话到嘴边啥也不说了
眼泪哗哗的

在你出生以前童话已经用完了
在你诞生以后碧草红花到了心事重重的年龄

只有泥土反反复复扯着你的手和衣服
泥土不管你是男孩还是女孩
泥土是你摸得着靠得住的朋友和弟兄

孩呵
和你长大的
马路边小胡同走一步算一步
磕磕碰碰的以后孤独会告诉你
没有什么大人值得你羡慕
你长大了他们全都得给你让路

孩呵　你记住活着你怎么哭
也没啥用

我告诉儿子

门槛绊你阵风拽你砂砾滑进你的眼睛
世界总是和你过意不去

孩呵
你别哭
没有姐姐你也必须长大
没有妹妹你就去抱那只塑料做的小白狗

月光伸不出疼爱你的双手
月亮生来也孤孤零零
星星是泪
现在还不到流落的时候

孩呵
你别哭

没有哥哥你就一个人走路

没有弟弟你就攥紧拳头

拳头越小胆子越大

活下去

你的身影就是自己的弟兄

注定来到世界上是一个人儿

注定了要用透明的手臂

比比画画告诉世界

——我

什么也不在乎

孩呵

你别哭

泪水虽咸终流不出海啸

哭声如血也不会滴滴殷红

在你身边的每一刻

连我的胡子也是

你的弟兄

一岁

两岁

除了他还有谁

和你一直走向千年以后

孩呵

你别哭

为了你双眸清溪汩汩

树也忍不住流成绿色

石也禁不住跌作晚风

孩呵

你别哭

会讲话以前

你要让话长满自己的胸口

会流泪以后

你要让所有泪水

都往上流

一岁半了

孩呵

你别哭

一岁半的男子汉就是泥土上的一道雄风

穿不过栅栏

你就把它拆个粉碎

搬不动石头

你就拧紧目光

盯死它一直盯得它骨头生锈

孩子孩子

你干点什么都行

一岁半了你别哭

再度康桥

一样的往事
人醉了
一样的流水
影碎了
康桥入梦
我挡不住我
一叶穿心
你弄醒了你

你的笑声里应外合
抖落出那么多见不得人的好事儿
如今事儿扑向我
一朵长裙浪花起落
嗯、嗯、嗯
只听得流水桥下说

——时间会带走一切的

不差冷

不差热

不想活的一刻是

为什么呢

又红又绿的

你拧来拧去

——再度康桥了呗

这还用说吗

康桥是谁的少年满脸雾水

不依不饶地等待夏天

康桥是谁的心事落地生风

吹得人一味石沉大海

遍地发软

高考
—— 一九七八

A

一九七八年高考那天
长春大雨
大到跟天漏了似的
水完全是倒下来的
完全没头没脑
我想到农村的路、桥、兄弟姐妹
呵呵这一次高考指定冲黄了……

——这时房门开了
老爹看了看我幸灾乐祸的表情
——你个畜生
这不是开玩笑啊
赶紧吃饭去……

1978 年长春市实验中学文科一班郭力家

冒着枪林弹雨一样的倾盆大雨

骑一辆上海产凤凰牌全链盒自行车

亲自从永昌路沿斯大林大街穿过铁北大桥

来到高考考场——朝鲜族四中

现场来了那么多学生家长

叮咛嘱咐哭泣拉手……

现场很像亲人生死离别的刑场

我把自行车架好

再一次环视一圈

虽然没一个人和我打招呼

两条腿明显感觉已经大义凛然

操

上

该死该活就那样

一九七八年郭力家以数学二十三分

总分三百二十一分被东北师范大学中文系录取

时年十九岁

B

秋天来了

秋风一边扫下落叶

一边给我扫来了一张录取通知书

我满怀为组织办了件体面事儿的心情

把它交给了老爹

老爹看了一眼放到桌上

——别高兴得当真事了

你的卷一定判错了

等着吧

还会来一张改正通知书……

秋

天哪

C

秋风里出现雪花的时候

是上学报到的时候

和我一起玩一起长大也参加高考的古咪娅

在我出生的东中华路十八家中门的锅炉房的锅炉里

自焚了

一个看着我和她哥哥抓蛐蛐都害怕的女孩

最大胆的一件事就是知道我感冒了

不安地背着家里大人

送给我一条印尼军用腰带

我知道古咪娅一家是从印尼回来的华侨

我不知道印尼军用腰带能治疗感冒和发烧

她没接到大学录取通知书

她家接到了一个死亡消息

她在吉林大学家属和子女奔走相庆的主旋律中

一把火把自个儿烧出了旋律以外的声音

1978 年